رواية

# مدينة الأجنة

## د. جُمان الريحاني

# إهداء

إهداء الحياة

إلى كل معاني الحياة

والى الحياة التي تخلق في أرحام النساء والتي لوحدها تعتبر معجزة

فالحياة معجزة وتكوينها في رحم المرأة يعتبر معجزة بالفعل

قد يكون الأمر عاجيا لدى البعض ولكن أن أمعن البشر النظر لتمكنوا من رؤية الأمر على حقيقته والتي هي أنها بالفعل معجزة وتستحق الشكر لله الخالق الذي من علينا بهذه المعجزة والتي بفضلها تخلق الابتسامات وتجلب معها السعادة في اغلب الأحيان

المعجزة التي بفضلها يستمر الجنس البشري على وجه الأرض

إهداء إلى كل حياة تخلق في كل ثانية ولحظة من هذه الحياة ومن حق كل حياة أن ترى النور وان تخرج إلى هذا العالم وليس من حق أي شخص أن يسلبها حقها في التواجد على وجه هذه الأرض إلا لأسباب طبية وللحفاظ على حياة الأم وهناك بعض الاستثناءات.

**جمان الريحاني**

# ساحرة المدينة

## مدينة الأجنة

كان يا ما كان في قديم الزمان في زمان لم يكن فيه اعتبرا لبعض المعايير التي تخص المرأة والحياة الاجتماعية عموما.

إنّه زمان كان يكثر فيه الفقر والاضطهاد الاجتماعي والإساءة الجسدية في المجتمع.

كانت هناك ساحرة يعتبرها البعض إنها ساحرة شريرة جدا، بينما يرى البعض الآخر إن وجودها جيد لأنها تحل لهم مشاكلهم العويصة في ذلك الزمان.

لقد كانت امرأة جميلة ولطالما عرفت بجمالها المختلف عن باقي نساء المدينة فقد كانت تمتلك شعرا بني اللون وعينان بنيتان غامقتان، وأيضا كان لها وجه دائم الشباب، وابتسامة في كل الأوقات.

كان يحسدها الناس على شبابها الذي اعتبروه دائما ولكنه ليس لتلك الدرجة، كانت امرأة جميلة لا تظهر عليها ملامح التقدّم في السن لأنها كانت تعتني ببشرتها وبوجهها خصوصا.

لقد كانت لها خلطات وأعشاب تستعملها بشكل خاص ولا تخبر عنها احد، وصفات سحرية خاصة جدا.

كما أنها كنت تعتني بجمال روحها وليس لها أعداء وكانت تحب نفسها وتحب حياتها فتملأ قلبها بالحب على الدوام وأيضا كانت تعلم جيدا بأنه محبوبة من طرف الرجال.

وكان لديها سر آخر.

حيث أنها كانت ترى بأنها أقوى امرأة في تلك المدينة بفضل قواها السحرية.

تلك الساحرة امتلكت القوة والسحرة والمقدرة على حل مشاكل الناس، كما أنها قد امتلكت المال والمحبة من زبائنها الأوفياء والمخلصين، وكانت إذا أرادت الحب امتلكته في لمح البصر.

الأمر الذي كان ينقص تلك الساحرة هو أنها لم تكن تستطيع الإنجاب، وهذا بالرغم من كونها تتمتع بالشباب والقوة الجسدية اللازمة، كما أنها كانت ترى بأنها امرأة كاملة.

هي لم تتمكن من الحمل ببساطة ولا حتى باستعمال القوى السحرية والقدرات التي كان يرى الناس بأنها خارقة.

لم تكن تلك الساحرة محبوبة في الحقيقة ولكنها قد حظيت بحب وإعجاب الكثير من الرجال، بل وأفضل الرجال في المدينة وأكثرهم مالا ونفوذا، لكن بالطبع

كان ذلك تحت تأثر السحر الذي كانت تلقيه على الرجال.

مسألة عدم إنجابها كانت تؤرقها كثيرا، ورغم محاولاتها المتكررة عبر السنوات ولكنها لم تفلح.

لقد عاينت نفسها وبحثت عن سبب عدم إنجابها ولم يكن ضروريا ذهابها إلى الأطباء، ولكن بالرغم من ذلك فقد سافرت في إحدى المدينة إلى مدينة بعيدة لكي تحظى باستشارة ومعاينة أحد الأطباء لكي تكتشف سبب عدم مقدرتها على الإنجاب.

لم تكن تفضل أن تتلقى العلاج في المدينة التي تقطن بها ولا حتى زيارة طبيب هناك للمعاينة والفحص لأنها كانت تعلم جيدا بأن كل نساء المدينة اللواتي هن زبائنها سوف يعلمن بذلك الأمور فورا فلا يوجد ما يتم كتمانه في تلك المدينة.

وفي تلك الحالة سوف تفقد مصداقيتها وأيضا زبائنها الذين لن يثقوا في قدرتها بعد ذلك، بعد أن يكتشفوا عجزها وضعفها وأنها مجرد إنسان.

الأمر الغريب هو أن الطبيب قد أكد لها بأنّه يوجد لديها مانع للحمل، في بداية الأمر كان هذا الخبر مفرحا ولكن مع مرور الوقت وعدم حدوث الحمل أصبح ذلك الخبر بلا معنى وكأن الطبيب لم يخبرها الحقيقة، أو أنه لم يفحصها جيدا.

فمع مرور الوقت وكثرة محاولاتها أصبحت تشك في أن كلام الطبيب صحيح، فلو كان صحيحا لما لا يحدث الحمل.

ولكن ليس فقط كلام الطبيب الذي كان مخطئا بل أيضا كل التعويذات التي كانت تلقيها بلا فائدة.

وهذا أمر غير مسبوق فتعويذاتها لا تلقى هباء بل تأتي بالنتائج المرجوة دائما.

لقد كان حلم الساحرة مارثا في البداية أن تنجب هي ومن بطنها، وذلك لأسباب عدة منها أنها كانت تريد طفلا تربطها به علاقة الدم وأيضا طفلا ينمو في أحشائها جزء منها حقا.

لقد كانت متلهفة لتلك التجربة التي كانت تصفها بالمميزة والتي لا تخوضها إلا النساء.

كما أنّه كانت هناك مقولة "الحمل هو تجربة للنساء المباركات"

لقد خسرت الساحرة مارثا الكثير من السنوات في مطاردة حلمها ولكن بدون فائدة فكانت تظن بأنه في كل يوم جديد هنالك أمل جديد ولكن الأيام كانت تغادر وتلحق بسابقاتها وهي لا تلقى النتيجة التي تبحث عنها.

لقد فقدت سنوات كانت لتتمتع فيها بوجود طفل في حياتها يجلب لها السعادة التي كانت تتوقعها ولكنها خسرت السنوات وخسرت الأمل في حصولها على طفل.

وبعد أن فقدت الساحرة مارثا الأمل في الحمل لجأت إلى فكرة أخرى، فكرة بديلة تحقق لها الأمومة رغم كل تلك الصعوبات التي واجهتها في حياتها.

لأنها وبالرغم من أنها لم تعد لتنجب طفلا من بطنها، إلا أنها مازالت بحاجة لوجود طفل في حياتهما من أجل أن تعيش شعور الأمومة، حتى وان لم يكن بالكمال الذي تعيشه كل النساء اللواتي يرزقن بأطفال من بطونهن، ولكن وجود طفل في حياتها وخاصة في تلك الفترة كان في نظرها ضروري جدا.

## الحل البديل


كان يجب على الساحرة مارثا والتي أصبحت متأكدة عن عجزها عن الإنجاب، أن تجد حلا بديلا، فهي ما كانت لتعجز عن إيجاد الحلول فما بالك بحل لنفسها ويصب في مصلحتها الشخصية.

لقد وجدت حلا بديلا بعد طول تفكير وتدبير وتمحيص، ولأنها كانت تصر على امتلاك طفل، لقد كانت تبحث عن الضنى من أجل أسباب كثيرة.

**أوّلها وأهمها:**

أنها كانت تريد أن تجرب الحمل والولادة.

**ثانيا:**

كانت تريد أن تجرب الأمومة التي حظيت بها كل النساء اللاتي تعرفهم أو تعرفت عليهن، حتى النساء الغريبات عنها

**ثالثا:**

كانت تريد أن يكون لها وريث لعملها أو بالأحرى وريثة، ابنة ترثها وترث مهنتها.

**رابعا:**

كانت تريد أن يكون لها ونيس أو رفيق، لأنها لم تكن لتحظى برجل لها لكي يصبح رفيقها في هذه الحياة وكانت أحيانا نشعر بالوحدة.

**خامسا:**

لأنها كانت تريد طفلا لها لوحدها

طفل لا يسألها الناس عنه فهي والدته والتي لها الحق فيه يمكنها تربيته كما تشاء، ويمكنها أن تجعل منه ما تريد

وأسباب أخرى..

وهذا ما جعلها تتبنى طفلة لأنها كانت تحب البنات أكثر من الأولاد الذكور، لقد كانت لها نظرة حول الذكور والإناث من الأطفال.

كانت ترى بأن البنات مطيعات أكثر ويسهل التحكم بهن، وكانت ترى بأنها سوف تتأقلم مع فتاة أنثى تشبهها في الطبيعة والطباع.

كما أنها كانت تريد أن تجعل منها ساحرة مثلها، فلو هي حصلت على طفل ذكر لن يكون مستقبله كساحر جيد في نظرها، كما انه ربما لن يريد ذلك وسوف تكون تربيتها له أمر صعب عليها وشاق بالنسبة لها.

وبعد أن قررت واتخذ القرار الحاسم جاءت الخطة الثانية لكي تحقق حلمها.

كانت الخطوة الثانية تتمثل في البحث عن طفلة لكي تتبناها.

لم يكن من السهل أن تجد طفلا أو تأخذه فهي وبالرغم من كل شيء لم تكن تريد أن تتعرض للمشاكل أو تتهم بالاختطاف أو أن تستعمل الأطفال في سحرها مثلا، فتثور عليها المدينة.

الساحرة مارثا هي سيدة ذكية وحكيمة وما كانت لتورط نفسها في مشاكل مع الناس أو حتى مع الشرطة.

لقد كانت مهنتها حساسة جدا لذا كانت حذرة في التعامل مع الناس وكانت تحافظ على سمعتها بينهم بشكل كبير، فهي لم تكن تظهر حقيقتها لزبائنها وان لم تخرج الشر منهم فإنها لا تظهر لهم ما هي قادرة على فعله.

فمثلا لن تطلب من أية سيدة أن تقتل قطا مثلا لأجل عمل سحري أو أنها لم تر بأن تلك السيدة قادرة على فعل ذلك، لأن الناس يفعلون ما هم قادرون عليه ولا يعايرون الناس بما يفعلونه أمامهم بالعادة.

لقد كانت حريصة وكانت تدرس خطواتها لكي لا تخطئ أو تتهم بما لا تفعله وما ليس صحيحا.

درست الساحرة مارثا المجتمع الذي حولها جيدا من أجل خطتها، وما أنت لتلجأ لأية امرأة ولو كان الثمن عدم حصولها على طفل كل حياتها.

لأنها قد وجدت بأن كل النساء أنانيات وحين يتعلق الأمر بمساعدة امرأة عاجزة تتغير طبيعة المرأة، لكي تصبح شرسة وربما قد تستطيع هي إغراءهم بالمال مثلا، ولكن تلك الخطة كانت بائسة ولم تكن لتأمن لامرأة تعطيها من قطعة من بطنها لأنها سوف تغار منها في يوم من الأيام وتسترجع فلذة كبدها.

بحثت كثيرا عن الشخص المناسب والذي لديه الجوهرة التي تبحث عنها.

وهكذا بعد طول بحث وجدت طفلة يتيمة فتبنت تلك الطفلة التي كانت تمتلك أبا ولكنها يتيمة الأم، وقد أعطاها الرجل ابنته بطيب خاطر وطبعا تحت تأثير تعويذة ما، كما أنّها قد أعطته مبلغا من المال ولم يذكره أمام الناس لكي لا يقولوا عنها انه باع ابنته.

لم يكن ذلك الرجل يريد أن يسهر على تربية ابنته التي كان يرى بأنها تستنزف جهده وماله وأيضا أنها كان مجرد عبء عليه، كما أنها وكما كان يقول:

إنها تسرق حياتي..

إنها تسرق أيام عمري..

وتتحكم بوقتي، أنا لم أعد حرا بعد اليوم، لقد تعبت منها.

أنا لا استطيع الاعتناء بهذه الطفلة.

أنا لم أعد أريدها في حياتي.

أريد أن أعيش حياتي لنفسي.

هذه الطفلة هي عبء عليّ.

## ابتزاز ساحرة

في يوم أراد الوالد أن يسترجع ابنته ، وهذا طبعا بعد أن نفذت نقوده التي قبضها من المرأة التي لم يكن يهمّه ما هي خلفيتها، ولا من هي ولا لما تريد طفلته.

فقد التقى بها في يوم بائس حيث كان الجوّ مغيّم ومعتم وكان هو يجول الشوارع وعلى ذراعه طفلة رضيعة تصرخ من الجوع، فالتقى بامرأة ترتدي برنسا وكأنها مجرد خيال أسود، أعطته المال وأخذت منه الطفلة.

وبعد مغادرتها أخبره أحدهم بأنه أجرى صفقة مع الشر، ولكنه لم يأبه لأن مبلغ المال كان جيدا وقد تخلص من صراخ الرضيعة الذي كان يجعله يعاني من صداع شديد.

كما أنّه لم يكن يمتلك ما يسد به جوعها.

وبعد أن علم الناس بما فعله الرجل بدؤوا يتحدثون عليه بسوء، وهذا ما جعله يفكر مرّتين مرّة لأن المال قد نفذ والمرّة الثانية لأنّ الناس ضايقوه بكلامهم.

ولكنه في الحقيقة ورغم أنه كان يتظاهر بالندم الشديد، وأراد أن يحمي ماء وجهه أمام الناس وأن يسترجع سمعته التي خسرها، إلا انه كان في قرارة نفسه يريد أن تعطيه الساحرة بعض المال.

كما أنّه كان يفكر في أن الساحرة لديها الكثير من المال ولما لا تعطيه مالا في كل مرّة، فهو رجل فقير وهي تستمع بوجود طفلته معها.

فقرر أن يسترجع الطفلة أو يحصل على المال، ولن تكون تلك هي المرة الأخيرة التي يطالبها، خاصة بعد أن علم الجميع بأنها تعيش مع ساحرة، وقد كانت سمعتها تسبقها والجميع يعلمون ما هي قادرة على فعله.

لقد كانوا يتهامسون ويقولون بأنه باع ابنته.

وقالوا أيضا أنه لا يخاف على ابنته من تلك الساحرة.

فهي ربما تقتلها وربما تلقى عليها التعويذات.

وربما تطعسها للوحوش.

ويما تقدمها قربانا للشر.

يا للهول

أليس لديه قلب؟

كيف يفعل ذلك بابنته الوحيدة.

لقد تغير الناس وأصبحوا بلا قلوب كيف يبيع الرجل ابنته انه أمر غريب.

سوف نعاقب جميعا على مع فعله ذلك الرجل.

يجب أن يعاقب أو سوف تعاقبه السماء.

سوف تحلّ علينا اللعنة بسبب ذلك الرجل.

يا ويحنا بعد أن أصبح الرجل منّا يبيع فلذة كبده.

يا ويحه ويا ويحنا..

لم يكن يجب عليك أن تقترف هذا الذنب.

أنت رجل ملعون.

# جزاء الطمع

علمت الساحرة بنيّة الرجل الشريرة، وهو يقترب من بيتها المخيف، ويحمل معه الكثير من الطاقة والقوة السلبية، وهو قام من أجل هدم بيتها والقضاء على سعادتها وسلبها حلمها.

لقد تحقق حلم الساحرة بعد طول انتظار، ولم تكن لتسمح لرجل مثل هذا، رجل ضعيف ومهزوم، رجل

لم يكن ليتحمل مسؤولية طفلة رضيعة، لم يكن ليعتني بها أو يوفر لها الحماية الحياة الكريمة، أو حتى قادرا على سدّ جوعها، لم تكن لتسمح لمثل هذا الرجل الضعيف بأن يهدم حلمها.

وقبل أن يصل إلى بيتها فكّرت في حلّ للتخلص منه، وهذا ما جعلها تنوي القضاء عليه نهائيا، لكي تقضى على كل المشاكل التي قد يجلبها لها اليوم وفي المستقبل.

بمجرد اقتراب الرجل من بيت الساحرة قضت عليه، وبطريقة بسيطة يمكن القول عنها بأنها لم تكلفها جهدا، ولا تفكيرا لقد كانت طريقة مبتكرة.

لم تكن الساحرة مارثا لتعجز عن التخلص من ذلك الرجل الجشع، ولم تكن لتسمح له بأن يحرمها من ابنتها، طفلتها الجميلة والتي قد تعلقت بها خلال الفترة البسيطة الماضية، وقد كانت تقول لها:

طفلتي..

أنت طفلتي الجميلة.

وأخيرا جئت لقد كنت في انتظارك منذ مدة طويلة

اشكر الرب على مجيئك، أنت جوهرتي النفيسة

أنت ابنتي التي كنت مقدرة لي، وقد كنت في انتظارك

لقد أحببتك أنت قطعة من قلبي يا بنتي.

لقد أرسلت له زواحف وهمية، هو الوحيد الذي رآها،
وقد ضايقته تلك الزواحف السامة حتى أنهت حياته،
وقضت عليه.

لقد عاش ذلك الرجل الشقي أسوأ لحظات حياته وهو
يتصارع مع تلك الزواحف الوهمية المخيفة، والتي
كانت بالنسبة إليه حقيقية جدا، لقد كان يخاف من
الأفاعي وهذا ما جعله يعاني من زحفها نحوه وأيضا
من زحفه على جسده.

لقد كانت لحظات مرعبة بالنسبة له، كان من الممكن
أن يموت على الفور ولكنه تصارع معها لبعض الوقت

وكان يصرخ خوفا منها، ولكن يم يكن هنالك من يستطيع سماع صراخه الذي كان مكتوما، والوحيدة التي كانت تستطيع سماعه هي الساحرة رغم بعد المسافة بينهما ولكنها بقواها السحرية كانت تسمعه وكأنه بجانبها، كما أنها كانت تستمتع بانتقامها ذلك.

لقد لقي حتفه على الطريق الوعرة والمهجورة والتي لا يمشي عليها الناس، لذا فقد نهشته الحيوانات البرية والمتشردة وتحللت جثته على الطريق.

## ابنة الساحرة


بعد ذلك الأمر بفترة وجيزة، وبعد أن تخلصت الساحرة من كل مشاكلها، وبعد أن تخلصت من الرجل الذي كان ينغص عليها حياتها، ويهددها، عادت الساحرة إلى حياتها الهادئة، والجميلة، والتي أصبحت أجمل بتحقيق حلمها الذي كان يطاردها، حلم الأمومة وكمال المرأة.

لقد أصبحت أمّا لطفلة جميلة وهي تحاول أن تجعلها تشبه إلى أقصى الحدود، لقد فكرت في أن تلقي عليها تعويذة لكي تشبها من حيث الشكل الخارجي.

لقد شعرت بالغرور إذ أصبحت لديها فتاة، طفلة ملك لها لوحدها ولا دخل لأي شخص فيها، إنّه شعور رائع.

وهكذا أصبحت تعيش مع تلك الابنة التي لم تكن تعرف أحدا، إلا والدتها الساحرة، كانت الساحرة بالنسبة لطفلة هي كل عائلتها ونفس الشيء بالنسبة للساحرة التي كانت ترى بأنه قد أصبحت لديها عائلة.

رغم أن السعادة كانت تغمر بيت الساحرة ولكن الأمور قد بدأت تتغير بمرور الوقت وكلما أصبحت الطفلة اكبر وأكثر وعيا، وأيضا بعد أن أصبح للطفلة أصدقاء ولم تعد تقضي كل الوقت في غرفتها أو في البيت.

فمن الطبيعي أن يأتي وقت لكي يخرج الأطفال لكي يكتشفوا العالم الخارجي ويكونوا أصدقاء ويزاولوا الدراسة وغيرها من أمور الحياة.

لم تستطع الطفلة أن تعيش حياة عادية رغم أن الساحرة قد سعت لأن توفر لها كلما تحتاجه وسعت لأن تجعلها تعيش طفولتها مثلها مثل كل الأطفال العاديين.

بعد أن أصبحت الطفلة تميز بين الصحيح والخطأ، وبعد أن احتكت بالأطفال في المجتمع الذي يحيط بها، ولم تكن النتيجة جيدة.

لقد كان الأطفال يعرضون عنها، ولا يحبون اللعب معها، بل وينفرون منها، ويبعدون عنها، وقد كانوا يوجهون لها الكلمات القاسية، وبالرغم من كونهم مجرد أطفال إلا إنهم كانوا يرددون ما يسمعونه من أفواه آبائهم.

لقد عانت الطفلة الصغيرة كثيرا وهي لم تكن تريد إلا اللعب مع الأطفال وتكوين صداقات ولكن الأمر كان صعبا بالنسبة إليها.

لقد كانت الساحرة تحبّ ابنتها أكثر من أي شيء في هذا العالم وأرادت لها مستقبلا زاهرا وحياة جميلة.

لقد كانت تحلم بدلا عنها، كانت تحلم بأن تحقق لها كلما تتمناه كونها والدتها، وأيضا نظرا لأن لديها القوى السحرية ويمكنها أن تساعد في بعض أمور التي قد تصادفها أو تعيقها أو تزعجها.

وعندما أصبحت الطفلة في السادسة من عمرها أدخلتها والدتها إلى مدرسة لكي تتعلم القراءة والكتابة.

لم يكن للطفلة الصغيرة أصدقاء وقد كان كل الأطفال يبتعدون عنها، وذلك لأن والدتها ساحرة وهنا عرفت الطفلة ما معنى أن والدتها ساحرة، ولما يبتعد عنها الأطفال.

لقد كان الأطفال ينعتونها بأبشع الصفات ويقولون لها كلاما يؤذيها ومن تلك العبارات التي سمعتها على مر السنين:

والدتك ساحرة..

أنت ساحرة صغيرة..

سوف تصبحين في المستقبل مجرّد ساحرة أو مشعوذة.

أنت ابنة شريرة.

لا نريد اللعب معك.

هل أنت حقا بشر مثلنا أم أنّك كنت ضفدعا؟

هل تحبين الحيوانات أم أنّكم تقتلونها؟

أنتم تقتلون الحيوانات، أليس هذا صحيح؟

ابتعدي عني أنت ساحرة.

لا نريد اللعب معك ابنة الساحرة.

وغيرها الكثير من الأمور السيئة التي سمعتها أذناها الصغيرتان.

فامتلأ قبلها حقدا وكراهية، وأصبحت فتاة منطوية.

تلك المضايقات التي كانت تتعرض لها الطفلة على مرّ السنوات وكل ذلك التنمّر الذي كانت تتعرض له جعل الابنة كانت سببا في أنها بعد سنوات تتوقف عن مزاولة دراستها وقررت البقاء في البيت وعدم الخروج أبدا.

لقد أصبحت سينثيا منعزلة ومنطويّة وليس لها أصدقاء ولا صديقات، ولم تستطع أن تعيش حياتها بشكل طبيعي مثلها مثل باقي الفتيات الصغيرات، وكانت حالتها تتأزم كل يوم وقد عانت من ضغوطات كثيرة في سنّ المراهقة.

بعد تلك الفترة، اعتقدت سينثيا بأنّ الحياة قد تغيرت، فهي قد تغيرت كثيرا ولم تعد مجرّد طفلة صغيرة، بل أصبحت فتاة جميلة وشابة، أصبحت سينثيا تخرج أحيانا لكي ترى الناس والعالم، ما حدث معها طوال تلك السنوات لم يمنعها من أن تحب شخصا وأن تكون لها علاقات سرعان ما تنتهي عندما يعلم أيّ شاب بأن والدتها ساحرة.

بعد عدة خيبات أمل، وبعد عدة كسور في قلبها جعلت قلبها حسّاسا وهشًا قرّرت البقاء في البيت مرّة أخرى.

لقد عادت إلى انطوائها على نفسها، وأصبحت ترى كل العالم الخارجي سيئا ومظلما مثله مثل حياتها كلها، لم

تكن تحب الحياة وأحيانا كانت تفكر لما خلقت، فأنا لا استمتع بالحياة بينما كل الناس يستمتعون.

اكتأبت الفتاة وسجنت نفسها في البيت، ولكن والدتها أرادت لها أن تتزوج وتنجب أو على الأقل أن تنجب، ولا يهم أن انفصلت عن ذلك الرجل الذي سوف تنجب منه.

لقد كانت الساحرة مارثا تحب تلك الابنة، وتفعل لها كلما تفعله الأمهات تقريبا، حتى أحلامها لابنتها وأمنياتها كانت تشبه أحلام الأمهات العادية لبناتهن.

ولكن الفتاة كانت لها أفكار عكس أفكار والدتها، لم يكن لهما نفس طريقة التفكير.

الأمر الجيد الوحيد هو أن الفتاة لم تحاول الانتحار رغم أن حياتها كانت تؤرقها ولكن ذلك يرجع إلى تعويذات الحماية التي كانت تلقيها عليها والدتها.

فالساحرة كانت كثيرة الانشغال ولكنها لم تشأ أن تغفل على ابنتها فتخسرها وخاصة أنها كانت تعلم جيّدا بأن

الفتاة كانت تمر بظروف نفسيّة وتغير هرمونات ومراحل عمرية مجبرة على المرور بها كباقي الفتيات.

وجرّاء نوبات الغضب التي كانت تتعرض لها الفتاة، قررت والدتها أن تحميها من أن ترتكب أمرا خطيرا كقتل نفسها، وهذا ما جعلها تحميها بطريقة غير مباشرة.

لقد توقعت الساحرة مارثا أن تقتل ابنتها نفسها، ورغم أن الساحرة قد كانت ساحرة قوية إلا أن ابنتها كانت فتاة هشّة ولا تتحمل أي ظلم أو أذى، لم تكن تشبهها في تلك النقطة أبدا.

من المفروض أن تكون ابنته الساحرة قويّة مثل والدتها، وواثقة في نفسها وفي قدرات والدتها وأيضا في قدراتها التي سوف ترثها من والدتها، ولكن الأمر لم يكن كذلك مع سينثيا والساحرة مارثا.

## حلم الأمومة من جديد


كانت الفتاة وبالرغم من كل تلك الظروف القاسية التي مرت بها في طفولتها ومراهقتها إلا أنها كانت تبحث عن الحب، لقد كانت تريد أن تجد نصفها الآخر، رجلا يبادلها مشاعر الحب ويحبها حقا.

كما أن ما حدث معها في طفولتها ومراهقتها من مضايقات، جعلها تقرر بأن لا تنجب أبدا، لكي لا يتعرض صغيرها لما تعرضت إليه هي.

لقد أصبحت لديها عقدة مما حدث معها في السابق،
يبدو أن كل تلك التراكمات قد جعلتها تعاني من عقدة
متينة

لقد قررت **سينثيا** عدم الإنجاب ولن يقنعها أحد بعكس
ذلك، أما بالنسبة للزواج والارتباط فقد كانت ترى بأنها
لن تحظى بما تحظى به كل الفتيات، العاديات، وكانت
تقول في نفسها بأنه ليس محظوظة لكي تجد رجلا
يحبها لذاتها ولا يهمّه من تكون والدتها.

كانت سينثيا ترى بأن والدتها قد جعلت حياتها صعبة
وسيئة وربما بدون قصد منها ولكنّ النتيجة بأنّها قد
عانت بسبب عمل والدتها وقد تجادلت معها في مثير
من المرّات حول تلك المهنة التي لم تكن تعجب الابنة
فقالت لها:

لما يا أمي تجعلين حياتنا جحيما؟.

**الساحرة مارثا:**

ماذا تقصدين؟

**سينثيا:**

لما كلما تكلمنا في الموضوع تتظاهرين بأنك لا تعرفين عما أنا أتكلم.

**الساحرة مارثا:**

هل تقصدين مهنتي؟

**سينثيا:**

أجل أقصد تلك المهنة الملعونة.

**الساحرة مارثا:**

لا تقولي هذه الكلمات المشحونة بالطاقة السلبية، وإلا حلت عليك اللعنات.

**سينثيا:**

هذا ما كان ينقصني أن تلقي علي لعنة ما.

**الساحرة مارثا:**

لم أقل ذلك وأنت تعلمين جيدا ما الذي أقصده.

**سينثيا:**

لا يهم..

أنا أريد أن تتوقفي عن ممارسة هذا العمل.

**الساحرة مارثا:**

لا يمكن ولا بأيّة حالة من الأحوال.

إنها مهنة أجدادي وهي مهنة متوارثة.

**سينثيا:**

لا يهمني أريد أن تتوقفي عن العمل.

**الساحرة مارثا:**

لا استطيع فنحن نعيش منها

كما أنني أحب مهنتي وموهبتي، الناس يحسدونني عليها

**سينثيا:**

يحسدونك إنهم يسخرون منك.

**الساحرة مارثا:**

بل إنهم يحتاجونني، ويلجئون إلي لحل مشاكلهم.

**سينثيا:**

أنا لا أحب مهنتك.

**الساحرة مارثا:**

إنها موهبة.

**سينثيا:**

أنا لا أحب موهبتك ولا أريد أن أرثها، لا أريد أن أصبح ساحرة مثلك.

لم تنطق الوالدة بكلمة واحدة لأنها تعلم بأن هذه النوبة تصيب ابنتها في الكثير من الأحيان، ولكن هي لم يكن يهمها كل الكلام الذي تتفوه به ابنتها التي لا تعلم عن الحياة شيئا فأرادت أن تجعلها تحظى برجل وأن تنجب مهما كانت الظروف.

لقد كانت الساحرة مارثا تعلم بأن الرجل ربما لن يبقى مع ساحرة إلى الأبد، وبطبيعة الرجل أنه إن فقد شيئا سوف يبحث عنه خارج بيته، أي أن الساحرة مارثا كانت تعلم بأن الرجال خونة ولا يجب أن تأمن شرهم كساحرة.

ولكن ورغم أنها لم تكن تحلم برجل يبقى معها أو مع ابنتها، ولا أي رجل سوف يقضي حياته مع ساحرة، إلا أنها كانت تعرف بأن الطفل هو استثمار جيّد، فكما كان مفيدا لها إن أصبح لديها طفلة تريد لابنتها أن تحظى بطفلة لها بنفسها.

لقد كانت ترى نفسها في ابنتها وكانت تريد لها نفس الحياة التي حظيت بها هي.

فبالرغم من كل شيء لقد كانت الساحرة مارثا راضية بحياتها وترى بأنها رغم الصعوبات إلا أنها كانت تسير على ما يرام، وربما هي حياة مثالية، لأنها امتلكت الجمال كامرأة والقوة كساحرة وابنة جميلة كأمّ لها.

ولم يكن ينقصها لا المال ولا النفوذ.

وجود طفل في حياة أية امرأة سوف يجعلها تشعر بالرضا، ويجعل أيامها تنبض بالحياة، سوف تشعر بأنوثتها كما أن شعور الأمومة يجعل المرأة تشعر بالكمال والرضا، وأيضا سوف يؤنس وحدتها ويجعل حياتها أجمل.

الطفل سوف يملأ حياتها بالفرح والسعادة والمرح والطفولة والمغامرات الشيقة والبريئة، كما أنها سوف تعود إلى داخلها للبحث عن البراءة التي مازالت موجودة في داخلها، وسوف تكتشف العالم من جديد وترى بعيون صغيرها.

سوف يهذبها ويعيد تربيتها من جديد.

الأمومة فيها أسرار كثيرة وهي عالم لوحده ولا يمكن أن تكتشف ما فيه إلا من تدخله من أوسع أبوابه.

كما كانت الساحرة مارثا تفكر بالنسبة لنفسها بالضبط فما أرادته من خير لها أرادته لابنتها، وها هي اليوم تفكر في ابنتها وفي مستقبلها وكلما يهمها ويجعلها تعيش بسعادة مثلها مثل باقي النساء.

كان كل هم الوالدة أن تجعل ابنتها تنجب ولم تكن تهتم من مَن؟ أو كيف؟ أو أين؟ أو متى؟

وعندما رأت بأن الفتاة تمتلك رأسا قاسيا وتفكيرا صلبا، ألقت عليها تعويذة لكي تساعدها على تجاوز عقدتها ومشاكلها.

لم تكن الفتاة على وفاق مع الوالدة التي كانت ترى بأنها السبب في تعاستها، وهي السبب في كونها تعيش وضعا اجتماعيا سيئا.

أما بالنسبة للساحرة فقد كانت تفكر في صالح ابنتها، وهذا ما جعلها تفكر في طريقة لكي تعيش ابنتها حلم كل النساء الحمل والإنجاب.

قررت الساحرة وبدلا عن ابنتها ولأنها كانت تفكر في صالحها، قررت أن تساعدها، لكي تنجب ولكي لا تعيش وحيدة بعدها.

بالرغم من الاختلافات، وبالرغم من أنها لم يسعفها الحظ إن تزوجت، إلا أن والدتها ألقت عليها تعويذة لكي تحمل من أي شخص تتعرف عليه.

كما أنها أرادت لها أن تنفصل عن الشخص الذي سوف تحمل منه بعد أول لقاء يجمعهما، لكي لا يعلم بأنها تحمل طفله فلربّما يضايقها أو يطلب منها إجهاضه أو يشاركها في تربيته.

لقد كانت الساحرة مارثا حريصة على تحظى ابنتها بطفل لها لوحدها وأيضا أن لا يعلم والده بأنه موجود كل الحياة، وإلا فان ما حصل معها سوف يتكرر.

بالرغم من أن الساحرة مارثا قد تخلصت من والد سينثيا بكل سرعة، إلا أنها قد عانت حقًا من الكثير من المشاعر والخوف من فقدانها لابنتها، وأن يسلبها ذلك الرجل الحقير جوهرتها، مع أنه هو لم يكن ليحافظ عليها.

فلو كان فيه خير من البداية لما كان قام ببيع ابنته لامرأة غريبة لا يعرفها، امرأة فقط صادفها على الطريق .

## البحث عن خلية ذكرية


وهذا أصبح للساحرة حلم جديد، حلم بطفلة جديدة،
فهي تحب البنات كثيرا ولا تميل للأطفال الذكور،
وكأنّها تسعى من أجل هذا الحلم لنفسها هي.

كانت الساحرة تبحث عن طفلة جديدة تنظم للعائلة لأنها
رأت بأن ابنتها لها نظرة سوداوية، ورأت بأنها أخطأت
في تربيتها لذا أرادت طفلة أخرى لكي تسترجع ما

خسرته مع ابنتها هذه، كما أرادت أن تجعل من الطفلة ساحرة تحمل مشعلها بعدها.

لقد قامت بإغداق الحب على ابنتها ولكنها لم تقابلها بالمثل، بل كبرت فتاة معارضة لكل قرارات والدتها ومعترضة على أسلوب حياتها، ومهنتها بل وهي لم تكن تحب كونها ابنة الساحرة وفي أحيان كثيرة تمنت لو أنها ولدت في عائلة عادية، لكي تحظى بحياة عادية.

لقد كانت تغار كثيرا من قريناتها من الفتيات، وكيف أنهن يستمتعن بحياتهن عكسها تماما.

كانت الفتيات العاديات يستمتعن برفقة بعضهن وأيضا برفقة الشباب في سنّهن، فقد كانت كل فتاة لها رفيق، صديق، حبيب.

وقد كان الحب باديا عليهن، ويظهر عليهن بأنهن سعيدات جدا بحياتهن التي يعشنها.

الفتيات في مثل سنها يخرجن خارجا ويستمتعن بحياتهن بالسهر، واللهو، والمرح، زيارة المقاهي والمطاعم وصالات الألعاب وأيضا إلى المسارح والأماكن الترفيهية، وأيضا يجتمعون في بيت احدهم أحيانا.

وخاصة الذين كانت تعرفهم لقد كانوا مجموعات، ومنذ أن كانوا أطفالا كانوا بهذا القسوة واللؤم، لقد كانوا عنصريين معها.

كانت سينثيا تلوم والدتها أيضا على كل التنمر والمضايقات التي كانت تتعرض لها خلال حياتها.

بعد أن أصبحت الساحرة مصرة على حصولها على طفلة من ابنتها، وبعد أن ألقت تلك التعويذة على ابنتها، بالفعل وبعد مرور فترة بسيطة أصبحت سينثيا حاملا.

لقد أجبرتها التعويذة على أن تعيش مغامرة مع أحد الرجال في قرية ليست بعيدة عن بيتهم، وقد كانت تسافر أحيانا وتعود في نفس اليوم.

لأنها كانت تحب أن تعيش تجربة الحياة في وسط لا يعرف خلفيتها فيه أحد.

كانت تحب أن تعيش وتعاشر أناس، لا يعلمون أنها ابنة ساحرة فيعاملوها على أنها غريبة، وليس على أنها غريبة الأطوار.

وهكذا تصادف الأمر مع إحدى مغامراتها، فأثرت عليها التعويذة، وجعلتها تتورّط مع رجل في علاقة جديّة رغم أنّ الرجل لم يكن مناسبا لها، ولا بأيّ طريقة.

لقد كان رجلا كبير السنّ مقارنة بشبابها، كما أنّه كان متزوجا ولديه أولادا مراهقين، وأيضا كان مستقرّا في حياته العائلية، ومستقيما في حياته الاجتماعية.

كانت بالنسبة له مجرّد نزوة ومشاعر جارفة جعلته يتورّط معها ولكن لحسن حظه أن خيانته لزوجته لم تكشف، وتلك الفتاة (ابنة الساحرة) لم تكن من مدينته ولم يره بعد ذلك اليوم مطلقا.

أما بالنسبة للساحرة ذات نفسها فقد كانت التعويذة تعمل بالنيابة عنها، وقد كان أمرها في التعويذة أن تجد ابنتها رجلا جيدا، بصحة جيدة وأخلاق جيدة، رجل يستطيع الإنجاب والدليل أن لديه أطفالا من قبل.

كما أنّها كانت تبحث عنه بصحّة جيّدة لكي يسير الأمر على ما يرام ولكي تنجح الخطة من أوّل مرة.

وبعد مرور فترة بسيطة جدا اكتشفت الفتاة التي كانت قد نسيت تلك المغامرة التي عاشتها مع ذلك الرجل أنّها حامل وهي لم تكن تتوقع حدوث ذلك.

لم يكن الأمر مفرحا بالنسبة لها، بل قد تفاجأت وحتّى أنها قد صدمت للخبر لأنها لم تفكر في هذا الأمر سابقا.

كان الأمر صادما لدرجة انه من الممكن أن تقتل نفسها بدل أن تنجب طفلا يعيش نفس حياتها ويعاني معاناتها، فقد كانت قد قررت في السابق عدم الإنجاب حتى لو تزوجت يوما.

ولكن الساحرة كانت أقوى من أفكار ابنتها فكانت تسقيها أمرا تجعلها تنسى كل الأمر التي تزعج الساحرة والتي تجعل ابنتها شخصا مزعجا بالنسبة لها.

لقد كان للساحرة أساليبها في التخلص من الأمور التي تنغّص عليها حياتها ولكن كان للفتاة أمور ثابتة لا تتحرك ولا تؤثر عليها كل عقاقير الساحرة، وهذا يرجع لسبب ما.

## إجهاض الذّكر

كانت الوالدة الساحرة في ترقب شديد وهي متأكدة بأن التعويذة سوف تعمل عملها، كما أنها كانت تراقب تصرفات ابنتها وتعلم بأنها التق برجل في تلك الفترة.

ولكن عندما تم اكتشاف الأمر لم يكن الأمر صادما فقط للفتاة التي لم تكن تريد الإنجاب أبدا بل أيضا للساحرة، صدمة الساحرة كانت ناتجة عن جنس الجنين.

وبعد التحليلات وعندما عرفت بأنّ ما في بطن الابنة هو طفل ذكر، قرّرت الساحرة بنفسها أن تتخلص من ذلك الجنين غير المرغوب فيه.

ولسبب ما كان الجنين ذكر يبدو أنّها لم تؤكد في عملها على التعويذة أن يكون الجنين أنثى.

والأمر الغريب هو أن لذلك الرجل ستّة بنات وليس لديه ولد ذكر وقد كان يحلم به وحلمه لم يتحقق.

وهكذا بعد أن قررت الساحرة أن تجهض الجنين وقرارها لا رجعة فيه، ولكنها لم تتناقش مع ابنتها في الموضوع ولم تخبرها بمكنونات قلبها، بل كانت تتصرف من تلقاء نفسها، وتحاول أن تقوم بكل ما فيه مصلحة لكليهما، فقد كانت تفكر في نفسها وأيضا تفكر في ابنتها.

ساعدت ابنتها لكي تخفف عنها تلك الآلام التي كانت تعاني منها، وبفضل بعض الأعشاب، وكلما ما هو معروف انه يؤدي إلى الإجهاض للتخلص من ذلك

الجنين ونجح الأمر بكل سهولة، فقد كانت تعرف الكثير من أسرار العلاج بالإعشاب وكانت لها خبرة أجدادها وخبرة السنوات التي مارست خلالها مهنتها وطورت معلوماتها ونفسها.

حلم يتكرّر


وهكذا مرت أكثر من ثلاث سنوات والفتاة كل مرة
تحمل بطفل وتجهضه لها والدتها بالطرق العادية،
ولكنها أصيبت بالتعب من هذه العملية المتكررة.

لم تتوقف الساحرة عن حلمها ولا عن انتظار الحمل
السعيد والطفلة المنتظرة، وهي تنتظر وفي كل مرة
يخيب أملها عندما تكتشفان بأن الجنين ذكر.

أما بالنسبة للفتاة التي لم تكن تستطيع التحكم في نفسها وفي كل مرة تجد أنها حامل، كان كل ما يخفف عنها هو أنها تتخلص من الأجنّة لأنّها لازالت في داخلها ترفض الإنجاب.

لقد ندمت الساحرة على عدم التركيز في إلقائها لتلك التعويذة التي كان ينقصها شيء ما.

فلو كانت قد ركزت جيدا لما حدث معهما كل ما هو يحدث الآن، لو أنها اشترطت أن يكون الجنين الناتج عن تلك العلاقة أثنى لكانت حققت هدفها منذ سنوات وبدون مشقات لا لها ولا لابنتها.

كان يجب على الساحرة مارثا أن تدرس تلك التعويذة دراسة شاملة قبل أن تطبقها على ابنتها، وهي أقرب الناس إليها، وكان من الأفضل لون أنّها قد قامت بتجربة التعويذة على شخص ما أو حتى على حيوان ما قبل أن تلتصق بابنتها ولا تستطيع فعل شيء لتغيير الأمر لصالحها مرّة أخرى.

لقد كان مسموحا للساحرة بأن تقوم بإلقاء تعويذة واحدة على في نفس الموضوع، فلم تستطع أن تلقي تعويذة أخرى لكي تغير جنس الجنين، رغم أن الأمر كان في غاية السهولة ولكن لا يمكنها تجاوز قوانين السّحر والسّحرة.

## حل مساعد وليس حل بديل

أما بالنسبة للفتاة فقد تعبت من الحمل والإجهاض، ولكنها لم تكن تشعر بالأسف على كل الرجال الذين دخلوا حياتها وخرجوا بسرعة كبيرة وذلك راجع للتعويذة التي كانت قد ألقتها عليها والدتها سابقا.

بعد طول تفكير، توصلت الساحرة إلى تعويذة جديدة تجعل الأمور أسهل ولكنها لا تمنحها طفلة.

التعويذة الجديّة كانت إجهاض لا إرادي، أمر يساعدهما على التخلص من الجنين الذكر، لقد ألقت تعويذة على ابنتها لكي يحدث لها إجهاض كلما مر وقت على الحمل واتضح بأنّه ولد ذكر، دون اللجوء إلى التحاليل ولا إلى الأعشاب والأدوية الطبيعية التي تساعد على الإجهاض.

لقد كانت التعويذة فعالة وغير متعبة وتكسب الشخص الكثير من الوقت والجهد الجسدي والفكري وغيرها من الأمور.

كانت هذه التعويذة بمثابة انجاز لأنّ الساحرة كانت قد ابتكرتها حديثا، ولم تستعملها سابقا، ولم تسمع عنها بل كانت وليدة الحاجة.

التعويذة رائعة يمكنها أن تستشعر ما في بكل الابنة دون ألم بمجرد أن يتضح جنس الجنين في بطن سينثيا يمكن للتعويذة أن تعرف ذلك بكل سرعة وبساطة، وبالتالي يحدث إجهاض في حالة ما إذا كان الجنين طفلا ذكرا.

لقد كانت ساحرة ذكيّة وقويّة لدرجة أنّها اخترعت، وابتكرت تعويذة أضافتها إلى كتب السّحرة القديمة التي بها تعويذات منذ آلاف السنين.

لقد كانت هذه التعويذة من الأمر الجيّدة، في حياة الساحرة مارثا بغض النظر عن طموحاتها لأبنتها ولكن بالنسبة للعمل الأمر كان رائعا.

تلك التعويذة كانت من بين التعويذات القليلة التي ابتكرتها الساحرة مارثا خلال مسيرة حياتها وخلال كل الفترة التي عملت فيها كساحرة.

لقد أعجبت الساحرة بمفعول التعويذة المبهر، والذي كان فعالا وسريعا وأيضا ابتكرت تعويذة منها خاصة بإجهاض الأنثى، وتعويذة ثالثة للإجهاض بصفة عامة.

ونظرا لنجاح التعويذة ونتائجها الرائعة جعلها الأمر تنشرها في زبائنها وكل من يحتاجها، وهكذا أصبحت التعويذة متداولة جدا.

وهكذا استفادت السّاحرة من الظروف التي وضعت فيها بأن اخترعت تعويذة جيدة فعالية، ولها نتائج مضمونة.

ولكن ما حدث فيما بعد مع الابنة كان غريبا، وأيضا ليس جيدا، حيث يبدو أن ابنتها قد اكتسبت طاقة سيئة، طاقة سلبية، طاقة شريرة من الإجهاض المتكرّرة على مرّ السنوات.

وما حدث مع الفتاة جعلتها تصبح طريحة الفراش أغلب الوقت، حتى أنها أصبحت تراودها الكثير من الكوابيس عن أطفال وأجنّة وبكاء صغار ودماء والكثير.

لقد فقدت ابنتها راحتها حتى أثناء النوم، فلم تعد تحظى بنوم هادئ بل أصبح النوم في حد ذاته كابوسا بالنسبة لها، فالنوم الذي تصاحبه الكوابيس ما هو إلا كابوس.

لو كانت الابنة تستطيع أن تقتل نفسها لما تحمّلت تلك الحياة التي أصبحت جحيما لا في الواقع ولا خلال

النوم، لقد عاش سينثيا حياة صعبة منذ أن كانت طفلة صغيرة، وهاهي مازال الحزن والألم والحياة الصعبة وكل تلك المعوقات تطاردها في حياتها الشقيّة.

لقد كانت حياتها شقيّة وكانت تقول:

هل أنا فتاة ملعونة.

ربما أنا ملعونة لأنني ابنة الساحرة فهذا ما كان يقوله لي كل الذين عرفتهم في حياتي.

أعتقد بأنّني ملعونة.

# كوابيس الأجنة

أصبحت تراود سينثيا أحلام كثيرة وكل ليلة، بل وكلّما أغمضت عينيها، فكانت تحلم ببطنها ينتفخ ويكبر ثم يصبح أصغر حجما حتى يختفي الانتفاخ.

إنها نفس الأحلام تراودها كل ليلة وتتكرر، ولم تكن مجرّد أحلام بل كانت أقرب إلى الكوابيس وأحيانا اقرب لأنها حقيقة وليست من عالم آخر.

لقد كانت تتكرر بكل تفاصيلها والأمر كان يزعج سينثيا كثيرا، بل كان يجعلها تعاني من تأنيب الضمير ومن الضيق وأيضا من التّعب النفسي.

لقد كانت تفكر في كثير من الأحيان بأنّها سوف تجنّ ربّما، فالأمر فعلا يثير الجنون.

وأيضا كانت تحلم بشيء أو شخص أو مخلوق ما يطبّق على أنفاسها، فتكاد أن تختنق وهي نائمة.

وكانت تشعر بأن شيئًا ما يتحرك في بطنها وهي نائمة وعندما تستيقظ لا تجد شيئا بل تجد بأنّ بطنها تبدو عادية جدًا.

كما أنّها كانت تشعر أحيانا بأن غرفتها مليئة بشيء ما أو مخلوقات ما، لقد كانت تفكّر في أنّه شيء أو مخلوق لأنّها لا تعرف حقيقة الأمر، فكانت تشعر وكأنّها مراقبة وهي نائمة وهناك ما يحيط بسريرها وحالما تفتح عينيها لا تجد شيئا.

لم تكن تشعر بالرّاحة حتى في غرفتها الخاصّة التي كانت تقضي اغلب وقتها فيها ولكن الغرفة مع تلك الكوابيس أصبحت تبدو موحشة وأكنها مسكونة أو مليئة بطاقة ما، لا يمكن لأي شخص أن يعرف السر

الذي وراء ذلك الشعور الذي يراود سينثيا إلا هي،
فهي الوحيدة التي تشعر بكل تلك الأمور المريبة.

لقد كانت تعيش بهذا الشكل، ولكنها معاناة وليست
حياة، وهذا الأمر كان يؤرقها، أما والدتها فلم تجد لها
حلا لأنها كانت كل حياها تعتبر بأنّ ابنتها تبالغ دائما
ولا تصوّر الأمور كما هي.

في الحقيقة قد حاولت والدتها أن تساعدها ببعض
الجرعات المهدئة والتعويذات ولكن الفتاة كانت تتأزم
كل يوم وكأن الدواء لا ينفعها حتى أصبحت حالتها
ثابتة على حال سيء.

لقد راودتها الكوابيس لمدة أكثر من عشر سنوات،
وبعد تلك الفترة ماتت السّاحرة التي لم تكن مريضة بل
ماتت فجأة وبدون عارض أو مرض.

## ولادة ساحرة جديدة بموت ساحرة

موت الساحرة كان فيه بعض المزايا بالنسبة للفتاة التي جعلها هذا الموت تدرك الخلاص، وتتحرر من بعض السّحر الذي كانت تلقيه عليها والدتها.

ورغم أنّها قد عرفت بأنها قد تحررت من الكثير من القيود الاجتماعية والشعور بالتبعية والاختناق من والدتها وسحرها وحياتها التي تجبرها على عيشها، إلا أنّه مازالت بعض الأمور تلازمها.

لازالت الفتاة تشعر بتلك الآلام، الأم البطن والكوابيس والخوف غير الطبيعي وعدم الراحة أثناء النوم، رغم أنها لم تعد تحمل لذا قررت أن تعاقب نفسها وان تعاقب كلمن تقوم بإجهاض.

لقد كانت تشعر بانتفاخ بطنها والدوران والإغماء الصباحي، كانت أحيانا تصبح مزاجية بشكل غير معقول، تشعر بأنها غير متزنة وغير صبورة على أي شيء كان، ولو كان أمرا تافها.

كل ما يحدث معها يبثّ في قلبها ومحيطها الخوف من الوضع ومن المجهول أيضا.

كما أن سينثيا كانت تحب أن تقضي ساعات في السرير تتقلب عليه تطلب النوم ولكنها لا تنام خوفا من الكوابيس رغم أنها تشعر بأن أطرافها ثقيلة وجفونها ثقيلة.

وقد سبب لها نفورها المستمر من الطعام قد جعلها تفقد الكثير من الوزن، فأصبحت تعاني من الإرهاق المستمرّ والخمول وعدم الرغبة في الحياة.

كما أنها أحيانا تصبح عكس ذلك وتنكب على الطعام بعد أن تعتكف على البكاء الشديد ومن دون أي سبب واضح، فتصبح بعد ذلك مليئة بالطاقة والحيويّة وكأنها تشعر بالسعادة فجأة.

لقد كانت تمر بأعراض جسديّة ونفسيّة سيّئة، وتقلّبات مزاجية وتعاني من الكوابيس المستمرة وهذه الأمور لم تختف بوفاة والدتها مثل بعض باقي الأمور النّي تخلصت منها.

كما أنّها بعد وان تعاني من حالة انفتاح الشهيّة كانت تعاني بعدها بفترة من آلام في المعدة وحرقة وعُسر في الهضم ربما يعود السبب إلى تناولها لكميّات كبيرة من الطعام وبشكل غير منتظم.

وتصاحب هذه الآلام انتفاخ للبطن وشعور بأن بطنها ممتلئة ولا يمكنها أن تتحرك من مكانها، فتستلقي على السرير.

وبعد كل هذه الأعراض كانت تشعر بحركة في بطنها ولكنها لا تعرف مصدرها فقد كان الأمر يزعجها كثيرا وبعد ذلك مباشرة تشعر بالإرهاق الشديد والدوران اللذان تلازمها الأم على مستوى الظهر والبطن.

لقد كانت تلك الآلام مشابهة بنسبة كبيرة لآلام الإجهاض التي كانت قد جربته لمرات عديدة لا يمكنها تذكر كم مرة قد أجهضت.

لم تكن تلك الفتاة تحب مهنة والدتها ولا تحب طقوسها، ولكن بعد وفاة الساحرة شعرت الفتاة بفراغ شديد وقد أصبحت تعيش في ذلك البيت الكبير والمظلم لوحدها، فأصبحت تتردد على غرفة نوم والدتها وأيضا على مخبرها وغرفة العمل الخاصة بها والتي كانت تستقبل فيها الزبائن.

في بداية الأمر قد حزنت لوفاة والدتها من مبدأ الوفاة لا غير، ولكنها بمرور الوقت أصبحت تشعر بالوحشة في البيت لوحدها.

والغريب أنها اشتاقت ليس لوالدتها فقط بل بدا الأمر وكأنها اشتاقت للجرعات والتعويذات، وطقوس السحر التي كانت تقيمها والدتها بشكل يومي.

وما جعلها تشعر بهذه الطريقة هو بعض الأحلام الجيدة، التي كانت تنتابها حول والدتها وكيف كانت تعاملها في طفولتها، وكل ذلك الحب والحنان الذي كانت تغدقه عليها.

وبالإضافة إلى أحلام اليقظة كانت تنتابها بعض الأحلام ليلا تتخلل الكوابيس وكلها عن والدتها، فكانت تأتي في الحلم وتكلمها عن كل الأحلام التي كانت تحلم بها لأجلها.

ففي الحقيقة أن الساحرة قد أحبت ابنتها قبل أن تتبناها فقد كانت تحمل طاقة حب كبيرة في قلبها وفي داخلها

لأجل طفلة تصبح لها، ابنتها، ملكها، حتى وان لم تكن من بطنها.

وقد أحبت هذه الفتاة منذ أول لحظة رأتها فيها، وكانت كل يوم تحبها أكثر.

ومع أن الطفلة بدأت تصبح صعبة المِراس وضيقة الأخلاق بعد أن اختلطت بالمجتمع الصغير في المدرسة، إلا أنّ الساحرة لم تكن تهتم لكل تلك التفاصيل التي كانت تعتبرها صغيرة فكل ما كان يهمّها هو أنها قد حصلت على ابنة وهذا كان يكفيها.

لقد كانت الفتاة تشعر بالحنين للساحرة وأيضا للسحر فما كانت لتكون الساحرة موجودة لولا وجود السحر.

وقد اكتشفت بعد وفاة والدتها بأنّها ورغم أنها كانت تسخط على السحر إلا أنها كانت تستفيد به خلال يومياتها، وكانت تعتمد عليه في مختلف شؤون الحياة.

ورغم أنها كانت تعترض على عمل والدتها إلا أن السحر قد كان حجر أساس لإقامة بيتهما ولحياتهما

وهذا ما جعلها تعود إلى الواقع وتبحث في كتب والدتها عن أمور تجعل حياتها أسهل وأبسط.

من سوء حظها أنها لم تكن ساحرة مثل والدتها ولم تكن تجيد إلقاء أبسط تعويذة وعلى أبسط أمر.

ولم تكن تجيد عمل الخلطات الطبية والعلاجية ولا تستطيع وصف دواء حتى لنفسها لكي تخلص نفسها من الصداع أو الإرهاق والتعب، وقد كانت تحضر لها والدتها الكثير من الجرعات والأدوية حتى من دون أن تطلبها منها، ورغم اعتراضها على كون والدتها تستعمل سحرها لشفاء الناس، إلا أنها كانت تستعين بتلك العلاجات لأجل نفسها.

وبعد وفاة والدتها افتقدت كل ذلك، فأصبحت تبحث عن الساحرة في داخلها، والتي لم تكن موجودة ولكنها أرادت لها بشدة أن توجد وتخلق.

لقد أصبحت تعرف قيمة السحر وقيمة الساحرة في حياتها، لقد كان للساحرة في حياتها مكانة جدا مهمة ولكنها لم تكتشف ذلك إلا بعد وفاة الأوان.

فبعد أن أصبحت وحيدة وجدت بأن الحياة صعبة، ولا يوجد فيها شيء سهل، وهذا راجع إلى أن والدتها كانت تجعل حياتها سهلة وكانت تحاول أن تجعلها سعيدة بكل ما هو حولها، فلم تكن سينثيا تحمل هم أي شيء على كتفيها.

بل كانت تفكر في حياتها وما يخصها هي فقط، حتى هذا الأمر كانت تساعدها فيه والدتها.

بالرغم من كل شيء لقد كانت الساحرة مارثا والدة جيدة بالنسبة لأي طفل فقد كان تمد ابنتها بالحب والاهتمام والرعاية وكانت ضمن أولوياتها في الحياة، ولكن سينثيا لم تكن تقدر ذلك.

بل في كثير من الأحيان كانت تتمنى لو أنها لم تولد لساحرة وقد قالت لها ذلك عدة مرات.

ندمت سينثيا على أنها لم تتعلم السحر من والدتها والأكثر من ذلك اعتقدت بأنه لم تصبح ساحرة بالفطرة لأنها قد أعرضت عن السحر وأخبرت والدتها بأنها لا تريد أن تصبح ساحرة.

كما قالت لها مرا وتكرارا بأنه لا تريد أن ترث مهنتها التي لا تحبها.

كانت تعتقد بأنّها ابنتها الحقيقية، وقد عاشت كل حياتها بذلك الاعتقاد، لذا كانت تتساءل أحيانا:

هل لو أنها لم تعترض عن الأمر، هل لكانت قد ورثت موهبة والدتها في السحر.

سواء في حياتها أو حتى بعد وفاة والدتها.

## الجنين الأخير


في الحقيقة لم تكن هي صاحبة الفكرة بأن تصبح ساحرة رغم أنها كانت تبحث عن السّاحرة بداخلها لأجل الاستفادة الشخصية وليس وفاء وإحياء لذكرى والدتها، ولا للعمل الذي يدر الكثير من المال والشهرة والاحترام.

العمل لم يكن محترما في نظر الفتاة ولكنه كان كذلك في نظر الساحرة الأم التي كانت ترى بأن كل زبائنها يقدرونها ويحترمونها ويلجئون إليها لحل مشاكلهم التي

يعجز عن حلها الطب والعلم والأطباء النفسيين وباقي الناس العاديين.

ولكن ما حدث معها تاليا جعلها تفكر في عجزها وحاجتها لان تصبح ساحرة، لقد عرفت ما أصبح ينقصها فعلا بعد والدها وقد عرفت قيمة والدتها حقا وقيمة وجودها وغيابها عن حياتها.

ما حدث معها  في تلك الفترة وبعد مرور سنوات من وفاة والدتها، كانت الأربع سنوات الأولى تشبه بعضها رغم أن أول سنة كانت هي الأصعب من حيث الاضطرابات الداخلية والتغيرات الخارجيّة، وهي بين أن افتقدتها أو أنّها قد تخلصت منها.

ثم أصبح الوضع روتينيا وبدأت تتأقلم مع الوضع الجديد، وتتقبل كونها قد دفنتها والميت لا يعود ويجب أن تعلم بأنها أصبحت تعيش لوحدها وعليها الاعتماد الكلي على نفسها.

وبعد مرور أربع سنوات لم تحمل فيها الفتاة رغم أنها كانت لها بعض العلاقات العابرة، أصبحت حاملا فجأة وبدون أن تتوقع حدث ذلك لأنها اعتقدت بأنها قد تجاوزت موضوع الحمل.

ولكن هذا الحمل لم يكن يشبه الحمل العادي في كل المرات السابقة، لقد كان مختلفا بكل المعايير، كان الطفل الذي بداخلها أو بالأحرى الجنين أقوي من كل الأجنة السابقين.

مع أنّه كان مجرّد جنين إلا انه قد خلق مع قوة شريرة حيث كانت الابنة تقوم ببحوث في تعويذات والدتها وفي ذلك البيت السوداوي المليء بقوة الظلام وهذا ما جعلها تقوم ببعض الأمور الشعوذية فصعقت بالكثير من الطاقة، لأنها لم تكن خبيرة في ذلك.

تلك القوة التي صعقتها أصبحت طاقة شريرة تملكتها وتوجهت مباشرة إلى اضعف منطقة في جسدها فتمركزت في الجنين وهذا ما جعل الجنين ذكيّ وقويّ.

بل كان قويا جدا لدرجة انه يستطيع أن يؤثر عليها ويتحكم بها.

لقد أصبح ذلك الجنين بتحكم بوالدته التي هو في بطنها، لذا فقد أرادت أن توقف اللعنة قبل أن يتم إجهاضه.

لم تكن سينثيا التي قررت أو توقف تلك اللعبة التي تجعل الجنين يتم إجهاضه بعد أن يكشف بأن جنسه ذكر بأن ما يتحكم بها هو أمر خارج عن إرادتها.

لقد كانت تريد وبقوة أن تتمكن من إيقاف اللعنة وان تحتفظ بالجنين مهما كان جنسه.

بدا وكأنها أحبت الجنين الذي في بطنها وهي تحاول بشكل جنوني أن تحافظ عليه، رغم أنها كانت قد مرت بتجربة الحمل أكثر من مرة ولكن هذا الحمل كان يبدو مختلفا جدا عليها.

فبدت وكأنّها تحمل لأول مرة وكأنها كانت متلهّفة للحمل والولادة وكأنها كانت تنتظر هذه التجربة بشكل

هستيري، لقد كانت تمشي في البيت كالمجنونة وهي لا تهتم لا بشكلها ولا بطعامها كلّما كان يهمها هو الحفاظ على الجنين وإيقاف اللعنة.

لقد استعمل ذلك الجنين الذي هو لا بذكر ولا بأنثى فهو لم يبلغ مرحلة تكوين الأعضاء التناسلية الخارجية بعد، استعمل والدته وهو في مراحل الحياة الأولى، لكي يبحث في كتب السحر عن تعويذة يلغي بها الإجهاض اللاإرادي، الذي يتملك الأم في كل مرة وخاصة بعد وصول الجنين لمرحلة تكوين الأعضاء التناسلية الخارجية، وخاصة بعد اكتشاف أن الجنس ذكر.

لم يكن الجنين يعلم بأنه ذكر أو أنثى، ولم يكن لينتظر النتيجة التي لازالت بعيدة.

بعد أشهر عديدة من الحياة.

لم يكن يريد للتعويذة أن تسلبه حقه في الحياة.

ولم يكن لتنتظر الحظ فربما يكون بنتا فيحظى بفرصة الحياة والولادة.

لقد كان جنينا يريد الحياة بشدة ومتمسكا بها

أما بالنسبة للوالدة سينثيا فقد كانت تمر بالكثير من المشاعر التي تجتاحها وكانت تائهة بين حبّها للجنين وكرهها لتجربة الحمل والإجهاض.

فقد ندمت كونها أصبحت حاملا لأنها قد كرهت من تجربة الحمل والإجهاض المؤلمة، والتي تنهك جسدها في كل مرة كما أنها كانت تعاني نفسيا كثيرا بعد مرور التجربة وانتهائها.

ولكنها كانت تعلم بأنّه ليس من داع للقلق فان كان ولدا سوف يتم إجهاضه دون عناء ولن تبحث عن أدوية أو علاجات وذلك بفعل التعويذة، وان كانت فتاة ربما أصبحت لديها ابنة في يوم من الأيام.

كانت تبدو مرتاحة بعض الشيء في بداية الحمل، ولكن بعد إن أصبح الجنين على ما هو عليه تغيرت أفكارها.

لم تكن سينثيا مستقرّة نفسيا، فمن مظهرا وملابسها المتسخة وشعرها المنكوش يمكن القول بأنها ليست في وعيها.

لقد كانت سينثيا مختلفة عن والدتها كثيرة من حيث الأنوثة وكونها امرأة، لم تكن تشبه الساحرة مارثا إلى في بعض التفاصيل الصغيرة.

بعض الأمور التي كانت مشتركة بينهما، كانت من ناحية الشكل الخارجي لون الشعر ولون العينين، ولون البشرة تقريبا.

أمّا بالنسبة للطباع فقد كان هناك اختلاف واضح بينهما، فالساحرة سينثيا كانت امرأة قويّة وعاقلة ولم تكن تقهر، وأيضا أنثى جميلة تحافظ على مظهرها وكل تفاصيلها بعناية.

أما سينثيا فقد كانت مهزوزة نفسيا، كل حياتها وهي تعاني من الأزمات النفسية، وخاصة بعد وفاة والدتها لم تعد تثق حتى بنفسها، كما أنها تهمل شكلها الخارجي

ولا تهتم بأنوثتها ولا بنظافتها الشخصية، ولا حتى نظافة البيت الذي أصبح مظلما ومخيفا.

إلا أنها كانت في وعيها قليلا خلال هذه التجربة الأخيرة، ووعدت نفسها بأنه لن تم إجهاض الجنين هذه المرة، بل سوف تلجا للأطباء لكي تستأصل الرحم أو تصيب نفسها بالعقم فقد كرهت تكرار هذا الموضوع، الذي لم يكن متوقعا هذه المرة بل قد تفاجأت به حقا.

رغم أن الجنين لم يكن له جنس بعد ولكنه كان من شبه المؤكد انه سوف يكون ولدا، لأنه أراد أن لا يتم قتله بسبب اللعنة التي تعود عليها جسد سينثيا.

لقد كان الجنين يشعر بالخوف في ذلك الكهف المظلم الذي كان يعيش فيه، فقد كان بطن الفتاة من الداخل مظلما جدا ومليئا بالصّرخات التي نتجت عن التجارب التي مرت على الأجنة قبله وكان بإمكانه أن يرى كل تلك الأجنّة يتم تقطيعها وإذابتها والتخلص منها.

لقد كان يشعر في تلك الأعشاب بكل ما شعرت به الأجنّة قبله، فكان كأنها يمر بها كلها ويعاني نفس معاناتهم ويشعر بكل مشاعرهم.

كان يشعر بالفرح خلال النمو، فرح الأجنّة الذين سبقوه، فرح الاكتمال ونمو الأعضاء.

لقد كانت هناك مشاعر تتخلل الخليّة أثناء الانقسام وأيضا أثناء رحلتها في الرحم واستقرارها في المشيمة.

تلك المشيمة التي كانت مثل العش الدافئ لعصفور صغير، لا يعرف أي شيء عما ينتظره وعن العالم الذي بالعادة يستقبل المواليد بالفرح والسعادة، وأحيانا يقتّلهم ولا يعطيهم فرصة للحياة.

لقد كان إعطاء فرصة لطفل بأن يعيش ولو بعيدا عن حضن الأم، ولو لم يجد حضنا ينتظره من الأساس هو أرحم من إجهاضه وحرمانه حقه في الوجود والحياة.

وكلما ظهر جنس الجنين وبعد مرور عدة أشهر وهو يتمتع بالحياة وبنبض قلبه، ويسمع نبض قلب والدته التي يتحرق شوقا لرؤيتها.

يأتي دور اللعنة التي كأنها أسيد سكب على ذلك الجنين الذي يتفتت ويخضع لألام كبيرة، فكل خلية قد صنعت بحب هاهي تسحق بكره وحقد.

وكل عضو يباد ويسحق، وكل عظم وكل خلايا جلدية، وكل لحم وكل كريات دموية، وكل جزء وكل تفصيل بسيط، كان قد أخذ وقتا لكي يصنع ويخلق وتبث فيه الحياة.

حتى انه كان يشعر بالآلام التي مرت بها ككل الأجنّة في ذلك المكان، الذي تحول من وردي جميل إلى دموي قاتل

لقد كان الجنين نفسه يعاني في ذلك البطن الذي خلق فيه، وليس له ذنب إلا انه يريد أن يأخذ حقه في الحياة، لقد بثت فيه الروح وأراد أن يحيا مثل باقي الأجنة

الطبيعيين، أراد أن يكتمل نموه، أراد أن يولد، أراد أن يحيا.

فما بثت في الحياة إلا ليحيا.

كان الجنين ورغم صغير حجمه، يستطيع رؤية إخوته ينمون ويتشكلون وتصبح لهم أعضاء داخلية وأطراف خارجية وهم سعداء، سعداء بالتكون والتكوين، سعداء باكتمال كل عضو.

سعداء بأن تصبح لديهم أعضاء أخرى جديدة كانوا في انتظارها.

يتشوّقون للحياة حتى يتم سحقهم كما تسحق الأعشاب اليابسة في الهاون، فينفثون هباء منثورا.

وكأنهم بلا قيمة وكأنهم ليسوا أصحاب حق، وكأنهم ليسوا كيانا أو كائن.

فكانوا يشعرون بمدى الضعف ومدى قوة هذه الأمور التي تتحكم في مصير كل واحد مهم وتقضي عليه متى

شاءت، يشعرون بالضعف وكيف أنهم عاجزون عن حماية أنفسهم.


لقد عانى ذلك الجنين كثيرا واستقبل كل تلك الطاقات من أشقائه السابقين، استقبل الأحلام والآمال، واستقبل الشعور بالموت والآلام.

وفي كل يوم يصبح اقوي وأكثر شراسة، وهذا ما جعله يقرر أن يتحكم بالأم من أجل أن يحافظ على حياته، وأيضا من أجل أن ينتقم لكل أشقائه.

وهكذا ركز الجنين على أمه وقادها إلى المختبر لكي تلقي تعويذة لإيقاف عملية الإجهاض، لم يكن تفكيره أنانيًا ولم يكن ذلك التصرف من أجله لوحده بل كانت التعويذة من أجل كل الأجنّة التي سبق وأجهضتها هي وكل النساء اللاتي اشترين التعويذة من والدتها الساحرة.

لقد كان البحث عن تعويذة لكي توقف الإجهاض لكل من تعرف تلك التعويذة أو من اشترتها من العجوز الساحرة أو علمتها لأخرى.

لم يكن الأمر سهلا، بل كان الأمر في غاية الصعوبة، إذ ليس من السهل كسحر تعويذة الساحرة مارثا، وليس عكسها أو توقيفها بالأمر السهل.

لقد استنفذت الساحرة مارثا كل قوتها من أجل إنتاج هذه اللعنة أو التعويذة التي ابتكرتها خصّيصا لأجل ابنتها العزيزة سينثيا ولأجل أن تجعل مهمة تحقيق هدفهما سهلة، وان لا يضطرا للقلق في كل مرة تصبح حاملا.

لقد تعبت الساحرة مارثا في تلك التعويذة، وابتكرتها بكل إرادة وبقوة وهذا ما جعلها تبث فيها كل قوتها.

وهذا جعل الابنة سينثيا والتي لا خبرة لها بالسحر ولا بالتعويذات، ولا حتى بأبسط أنواعها غير قادرة على عكسها أو إيقافها أو حتى أن تتحرر منها.

سيكون أمامها وقت طويل لكي تفهم عالم السحر والتعويذات، ولكن الجنين هو من كان يقود العملية كلها.

وهذا ما جعل الابنة تدخل في عالم من الأحلام، عالم أخذها إليه جنينها، إنه عالم مليء بالأجنّة، كان فيه كل الأجنّة التي أجهضتها هي.

كانت تقضي الكثير من الوقت في الشعوذات دون أن تفهم ما تفعله ولكن الجنين هو من كان يتحكم بها.

لقد كانت مسيرة بالفعل من قبل الجنين الصغير في بطنها، الذي كان حريصا على إيجاد حل قبل أن يصل يوم إعدامه، فيلقى مصير إخوته دون أن يصبح في قدرته فعل أي شيء.

وهكذا أصبح يطارد تلك الأم عالم غريب، لقد كانت تراودها الأحلام كثيرا، كلما غفت أو أغمضت عينيها، تدخل إلى ذلك العالم المخيف، ولكنها في الحقيقة لم تكن تحلم.

أجل فهي لم تعد مجرد أحلام، ولا هي فقط تراودها الأحلام، كما في العادة.

بل إن تلك الأحلام قد أصبحت هي الواقع، لقد انتقلت سينثيا من عالم مخيف في أحلامها إلى عالم مخيف ومرعب في واقعها.

لم تعد مجرد أحلام بل أصبحت واقعا، لقد أصبحت هي تعيش فيه رغما عنها ولا يمكنها أن تتحرر منه، فقد قامت بتحضير كل تلك الأجنة الميّتة وأصبحت في قبو بيتها.

لقد قامت الأجنّة من العدم وعادت من الموت لكي ترافق والدتهم القاسيّة والتي قامت بإعدامهم واحدا تلو الآخر دون أن ترأف بهم أو ترحمهم.

لقد أصبح القبو مليئا بالأجنة الحية وكلها في مراحل عمرية مختلفة إلا مجموعة منها.

المجموعة التي كانت في نفس العمر هي الأجنّة التي تم إجهاضها بفعل التعويذة وهي تقريبا في نفس الفترة

89

أي بين الأسبوع السادس عشر والأسبوع الثاني
والعشرون.

كانت في نفس العمر وهذه المجموعة كانت يتم
إجهاضها بسبب اللعنة كلما اتضح جنس الجنين.

أما البقية فكانت أجنة سبقت التعويذة لذا كانت في
أعمار مختلفة، منها الأسبوع الثاني والعشرون والثالث
والعشرون والرابع والعشرون وأكثر من ذلك.

وهذه كانت والدتها هي من تساعدها في إجهاضها
بالأدوية والعلاجات والأعشاب، ومختلف الخلطات،

لقد أصبح يعيش معها في بيتها الكثير من الأجنّة والتي
تبدو كائنات مخيفة بعض الشيء.

من يستطيع رؤيتها سوف يخاف منها بكل تأكيد، فهي
أجنّة مخيفة والطاقة التي تحملها تجعلها أكثر رعبا.

كانت الأجنة تتخاطر مع بعضها البعض وتراقب
والدتهم، التي وأخيرا أصبحوا متحررين من أحشائها،

ولكنهم قادرون على مواجهتها فهي لن تستطيع أن تقتلهم مرة أخرى.

كما أنّها لم تعد تتحكم فيهم فهم أحرار وليسوا مرتبطين بحبل في يدها تستطيع هي قطعه.

## قرار الأجنة انتقام الأجنة

قررت الأجنة التي أصبحت متجسدة أن تنتقم من الساحرة وابنتها، وكل النساء اللاتي قمن بالإجهاض.

لذا كان يجب أن يتمّ الاجتماع مع باقي الأجنّة في المدينة، فليس فقط الأجنة التي أجهضتها هي التي تجسدت بل يبدوان كل الأجنّة في المدينة قد صحت من موتها.

وكانت هذه الخطة سوف تتم بالطبع عن طريق الجنين الذي لازال يعيش في بطن والدته، لذا أصبحت الوالدة

تطرق الأبواب من بيت إلى بيت دون أن تعلم ما الذي تبحث عنه.

لقد كانت توصل الرسائل إلى الأجنة والجنين الذي في بطنها هو من كان يتكلم وهي لم يكن عليها إلا أن تطرق الأبواب، وتجعله أقرب للأجنّة لكي يتواصل معهم.

كانت الأجنة قد تجسدت كلها في كل قبو كل بيت، وهي في انتظار تعليمات الجنين الحي الذي كان هو من يتحكم بالأمور.

كانت الأجنّة تجعل أمهاتهم تراهم ولكنهن يظنون بأنهم يحلمون برؤية الأجنّة، وأحيانا يشعرون بها تتحرك في بطونهن حتى أصبح في عيادات التوليد بالدور لأجل إجراء الفحوصات.

اعتقدت العديد من النساء أنّهن حوامل رغم أن بعضهن أرامل والبعض مطلقات والبعض في عمر الستين، والبعض ليس لهن علاقات برجال لمدة طويلة

ولكن كل هؤلاء النساء يشتركن في نفس الأعراض،
ونفس الشعور ويرون نفس الأحلام.

أما بالنسبة للطبيب فاعتبر بأن على النساء زيارة
طبيب نفسي رغم أن الأمر مثير للريبة، فكيف كل
هؤلاء النساء يشعرن بنفس الأعراض في نفس الوقت.

فمن ناحية الفحص كانت النساء سليمات وليس بهنّ
شيء لقد انتاب الطبيب النسائي حيرة لذا أوكل
الموضوع إلى الطبيب النفسي.

رغم كل شيء لم تصدق ولا امرأة من كل تلك النساء
الطبيب، ولا الفحوص التي رأتها بعينها لقد مازلن
يعتقدن بأنهن حوامل.

وبعد مدة من التعذيب قامت الأجنّة بالخطوة الأخيرة
للتعذيب، ووضعن أنفسهم على أطباق الطعام أمام كل
امرأة أجهضت جنينها.

وفي يوم قررت الأجنّة أن تجعل والداتهم يعانين فتمّ استبدال أطباق الطعام بهم، ولم تنتبه الأمهات حتى بدأت يقطعن الأجنة ويتناولن منها.

وعندما انتبهن فجعن بما رأين ولكن لا أحد رأى شيئا، لقد كان مثل الوهم تقريبا تراه فقط الأمهات اللاتي أصبن بنوبات هلع.

كانت كل امرأة ترى في طبقها جنينا كبيرا كان أو صغير ومع أول قضمة كانت تسيل من فمها الدماء، وتشعر بالألم الإجهاض أيضا.

لقد كان الأمر مروّعًا.

ولكن كان الآمر أصعب بكثير على الابنة ابنه الساحرة، التي كانت قد أجهضت أكثر من سبعة عشر جنينا، رأتهم كلهم أمامها على الطاولة وهي تقسم أحدهم بالخنجر لأجل أن تتناول قضمة والآلام والدماء في فمها والصرخات

لقد ما المدينة صراخ غريب أطق عليه أهل المدينة صراخ الأجنة.

ولكن تلك الأم لم تستطع أن تتحمل الأمر مما جعلها تمرّ على رقبتها بنفس الخنجر في تلك اللحظة، وبعد أن قطعت أوصالها توقف كل شيء.

وكان الزمن قد توقف لقد توقف الصراخ الذي سمعه كل أهل المدينة، وتوقف الوهم الذي كانت تراهم الأمهات أغلب نساء المدينة.

وتوقف كل شيء.

توقف كل شيء لن ابنة الساحرة قد ماتت وبالتالي مات الجنين الذي كان في بطنها، والذي كان يتحكم في كل شيء.

ولكنه لم يكن حزينا لأنه لم يتم التخلص منه، ولم يشعر ببرودة العالم وقوة قلب والدته بل مازال بداخلها، وقد ماتت وهي تحضنه في بطنها لم تفارقه حتى بالموت.

لقد مات بموت أمه وليست هي من قتلته أو تخلصت
منه كما يتخلص الناس من كل الأشياء.

من كل الأشياء التي تزعجهم.

لقد مات مرتاحا.

وترك هذا العالم بسلام.

عانت بعض السيدات من آثار تلك الأزمة، وقررت البعض أن لا تكرر تجربة الإنجاب، ولكن البعض الآخر قررن أن يحتفظن بالجنين أو لا يحملن على الإطلاق.

أصبح الحمل مخيفا بالنسبة للنساء، والأكثر منه هو الإجهاض الذي أصبح أمرا مرعبًا، ويرتبط بكل تلك الحوادث التي حدثت.

وقد قصت النساء قصصًا متشابهة ومختلفة الظروف على الأطباء النفسانيين، بل كان على المدينة أن تطلب يد العون ومساعدة المدن القريبة بإرسال أطباء نفسيين

لمساعدة النساء على تجاوز تلك الأزمة، وتم تحويل اكبر عيادة في المدينة إلى مستشفى نفسي مؤقتا حتى تنتهي كل الأزمة.

سمع الأطباء النفسيين الكثير من القصص المرعبة من تلك النساء، لقد كان حقا الأمر مرعب.

ومنذ ذلك اليوم لم يسمع عن إجهاض واحد، ولمدة سنوات طويلة.

# Sommaire